El tío Paco

y la nieve

Ricardo Alcántara / Sebastià Serra

Para Maite y Roser

Combel
EDITORIAL

La pequeña Julia era bastante perezosa. Los fines de semana, como no tenía que ir al colegio, costaba sacarla de la cama; andaba por la casa en pijama; pasaba largos ratos tendida en el sofá; miraba los dibujos de la tele aunque no le gustaran…

Sin embargo, aquel fin de semana no fue como los demás. El tío Paco se presentó en su casa el sábado de mañana.
Julia aún estaba acostada. Desde la cama oyó a su tío decir:
–¡Podríamos ir a la nieve! Julia aún no la ha visto.
«Qué tontería, con lo bien que estoy aquí», pensó la niña.

En cambio, sus padres se miraron, asintieron con la cabeza y dijeron:
–De acuerdo, ¡vamos!

Al cabo de un rato, salieron los cuatro hacia las montañas nevadas. Al llegar a la estación de destino y ver que buena parte del paisaje estaba cubierto de blanco, Julia pensó: «Qué feo. Es más divertido ver los dibujos de la tele».

Era evidente que la excursión no le hacía gracia.

Al bajar del tren, cuando la brisa helada le tocó el rostro, su malestar fue aún mayor.

Con cara de pocos amigos, como si estuviera enfadada, comentó:

–¡Oh, qué frío!

–Cariño, abrígate bien –le dijo su padre, mientras le cerraba la cremallera del abrigo.

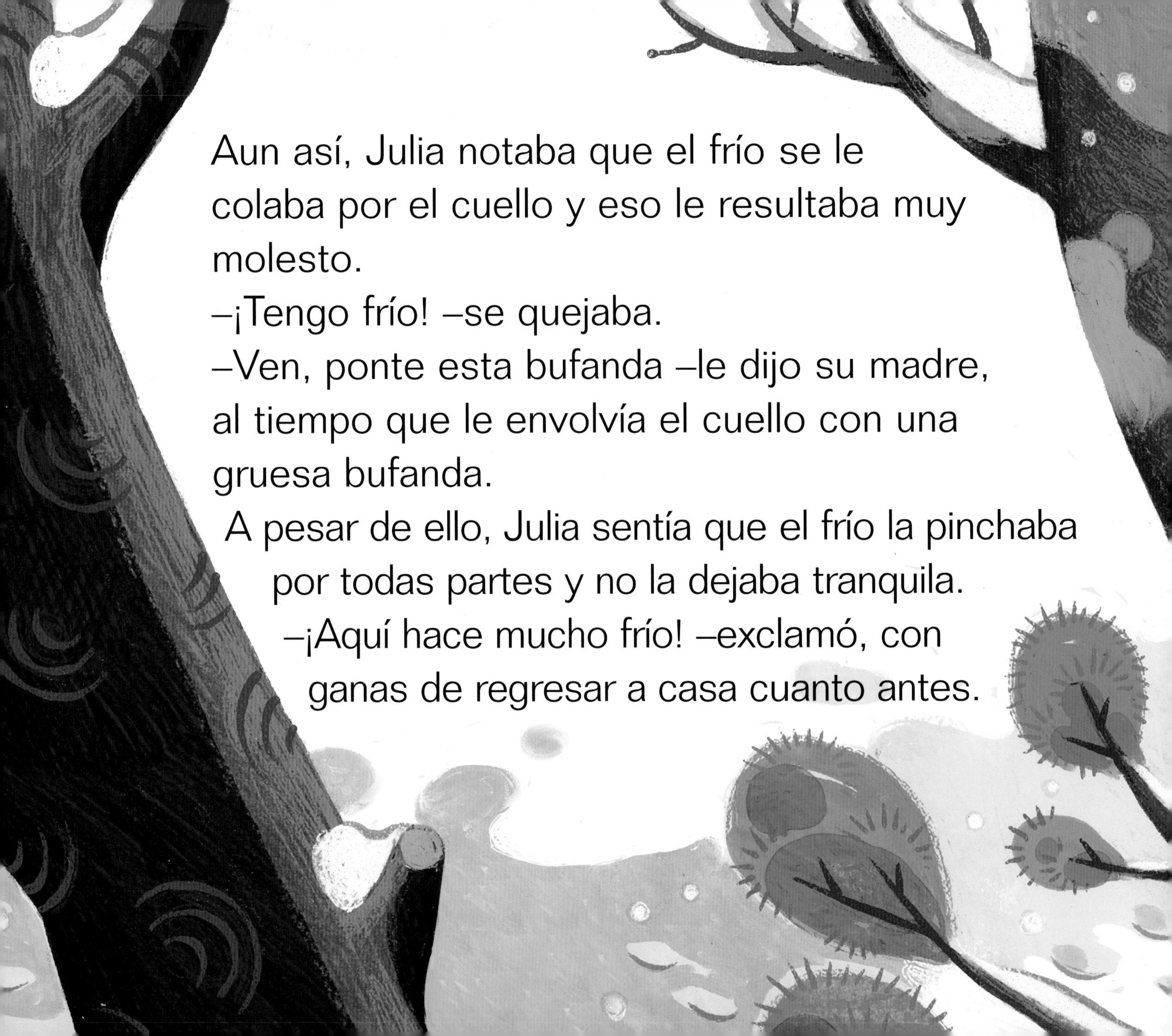

Aun así, Julia notaba que el frío se le colaba por el cuello y eso le resultaba muy molesto.

–¡Tengo frío! –se quejaba.

–Ven, ponte esta bufanda –le dijo su madre, al tiempo que le envolvía el cuello con una gruesa bufanda.

A pesar de ello, Julia sentía que el frío la pinchaba por todas partes y no la dejaba tranquila.

–¡Aquí hace mucho frío! –exclamó, con ganas de regresar a casa cuanto antes.

Cuanto más pensaba en el frío más temblores le venían; más le dolían la nariz y las orejas, peor se sentía...
El tío Paco, que caminaba delante, de pronto se detuvo. Cogió un puñado de nieve, hizo una bola y se la lanzó a Julia. Le dio en medio del pecho.
La niña quedó un momento quieta; a causa de la sorpresa le costaba reaccionar. Finalmente, hizo una bola de nieve y echó a correr tras el tío Paco.

Los padres de Julia, rápidamente, se unieron al juego. Se lanzaban bolas unos a otros, tratando de afinar la puntería.

Julia no paraba: esquivaba las bolas que le lanzaban; rodaba por el suelo; salía disparada para ponerse a salvo; cogía puñados de nieve y los lanzaba; perseguía a sus padres y al tío Paco…

Aunque la risa la dejaba sin fuerzas, no conseguía dejar de reír.

Con la risa en los labios dejó de pensar en el frío, en su casa y en la tele. Ni siquiera se acordaba que quería marcharse de allí. Aprendió a disfrutar de la nieve como si fuese un oso polar y por eso se sentía tan feliz.

Ya de regreso, sentada sobre las piernas del tío Paco, Julia preguntó:

–Tío, ¿volveremos otro día?

–Claro –prometió él.

Julia lo miró fijamente y sonrió. Luego apoyó la cabeza contra su pecho y quedó profundamente dormida. A su manera, le estaba agradeciendo al tío Paco ese día tan fantástico que le había regalado.